AF509904

LES FÊTES D'EUTERPE,

BALLET,

REPRÉSENTÉ POUR LA PREMIERE FOIS

PAR L'ACADÉMIE-ROYALE

DE MUSIQUE,

Le Mardi 8 Août 1758.

PRIX XXX SOLS.

AUX DÉPENS DE L'ACADÉMIE,

A PARIS, Chez la V. Delormel & Fils, Imprimeur de ladite Académie, rue du Foin, à l'Image Ste. Geneviéve.

On trouvera des Livres de Paroles à la Salle de l'Opera.

M. DCC. LVIII.

AVEC APPROBATION ET PRIVILEGE DU ROI.

ACTEURS CHANTANTS
DANS LES CŒURS.

Côté' du Roi.		Côté' de la Reine.	
Mesdemoiselles.	*Messieurs.*	*Mesdemoiselles.*	*Messieurs.*
Larcher.	Lefevre.	D'alliere.	S. Martin.
De Cazau.	Le Page.	Massont.	Gratin.
	l'Evesque.	Lachantrie.	Le Messe.
Letourneur.	Rosé.		Albert.
Chefdeville.	Jaubert.	Salaville.	L'Ecuyer.
		Dauger.	Tourcaty.
Durand.	Scelle.	Héry.	Chappotin.
La Croix.	Rose.		Feret.
	Robin.	Edmée.	Favier.
Dubois c.	Antheaume.	Emilie.	Du Perrier.
Flamery.	Parant.	Roussel.	Hebert.

La Musique est de M. d'Auvergne, Maître de la Musique de la Chambre du Roi.

LA SYBILLE.

PREMIERE ENTRÉE.

Cet Acte, qui n'avoit point encore été mis en Musique,
a été pris dans le Recueil imprimé des Œuvres de
M. DEMONCRIF, Lecteur de la Reine.

ACTEURS.

ZORAÏDE,	Mlle Sixce.
ZIMÈS,	M^r. Gélin.
ÉGLÉ,	Mlle. Dubois, l.
LA SYBILLE,	Mlle. Lemiere.

AMANTS & AMANTES, *qui repréſentent ceux de l'Age d'or.*

PERSONNAGES DANSANTS

AMANTS ET AMANTES.

Mlle. PUVIGNÉE.

M^r. VESTRIS.

M^r. LAVAL.	Mlle CARVILLE.
M^{rs}. BÉATE,	Mlles. DEMIRÉ,
DUBOIS.	RIQUET.

M^{rs}. Henry, Trupty, Hamoche, Granger, Levoir, Sciot.

Mlles. Martigny, Thételingre, Procope, Gallodier, Blin, Valentin.

LA SYBILLE.

PREMIERE ENTRÉE.

*Le Théâtre repréfente un Bofquet ; on voit dans le
fond une Campagne , & dans l'un des côtés on
découvre un petit Temple champêtre.*

SCENE PREMIERE.

Z I M É S.

TU m'as formé pour toi, mon cœur te veut
    pour maître ;
Ne ceffe point, Amour, de me lancer tes traits.
Tu vois fi je me livre aux maux que tu me fais :
    Ne pourras-tu jamais connoître

A

Combien je fentirois le prix de tes bienfaits ?

Tu m'as formé pour toi, mon cœur te veut pour
     maître,
Ne cesse point, Amour, de me lancer tes traits.

Oifeaux, dont les concerts charment dans nos Forêts,
Parlés ; & vous, Échos de ce Temple champêtre,
En contant mes malheurs, me suis-je plaint jamais
     Du Dieu chéri qui les fait naître ?

Tu m'as formé pour toi, mon cœur te veut pour
     maître ;
Ne cesse point, Amour, de me lancer tes traits.

Mais Zoraïde vient : que mon trouble s'augmente !
Attendons, pour la voir, les jeux qui vont s'offrir...
Ingrate ! Quoi, Zimès n'a pu vous attendrir ?
Il se plaît cependant à vous trouver charmante.

SCENE II.
ZORAÏDE, ÉGLÉ.

ÉGLÉ.

Nymphe, je me retrouve enfin auprès de vous ;
     Mais dans des moments si doux,
Mon bonheur est troublé ; je vous vois inquiete.

Seroit-il vrai que votre cœur regrette
Un tendre Amant qu'il a banni ?
On dit que vous l'aimés ; & vous l'avés puni !

Z O R A Ï D E.

Ah ! Faut-il que l'Amour ait des écueils terribles ?
Le penchant eſt ſi doux à reſſentir ſes feux! ....
Croiroit- on que les jours heureux
Ne ſont pas faits pour les âmes ſenſibles ?

É G L É.

Quoi , l'Amour eſt votre vainqueur,
Et les chagrins ſuivent vos traces ?
En vous voyant, j'ai cru que le bonheur
Marchoit toûjours à la ſuite des grâces.

Z O R A Ï D E.

Quels nœuds charmants j'avois formés !
Qu'il me plaiſoit l'Amant qu'en ſecret je rapelle !
Timide , ingénïeux à me prouver ſon zele ,
Ses diſcours, ſes ſoûpirs, ſes ſoins accoûtumés
Avoient toûjours une grâce nouvelle :
L'Amour forma Zimès pour être le modele,
Des Amants dignes d'être aimés.

É G L É.

Pourquoi ravir votre préſence

A l'Amant dont les foins ont pour vous des attraits ?
Si nous paroître aimable eft pour nous une of-
 fenfe ,
  Nous ne la puniffons jamais.

Z O R A Ï D E

Connoiffés quel deftin eft mon trifte partage.

  Au Printems, dans ce Boccage,
 La Sybille, avec nous, célébre tous les ans
  Les Amours du bon vieux-tems ;
On en peint les vertus, on en prend le langage,
  Tel qu'il étoit au premier âge.

É G L É.

  Se peut-il qu'un fi beau jour
  Vous ait coûté des allarmes ?
  Chanter le véritable Amour ,
  C'eft vanter l'effet de vos charmes.

Z O R A Ï D E.

Dans ce jour fi fatal, chaque Nymphe, à fon gré,
Peut avoüer l'Amant en fecret préféré :
J'allois peindre à Zimès ma tendreffe fincere ;
Quand la jeune Daphné, qui s'empreffe à lui plaire,
Paroît : Zimès troublé la regarde un moment:
Ah ! de l'Amour jaloux funefte emportement !

De ce regard mon cœur lui fait un crime.
Zimès, par ses soûpirs, m'exprime vainement
          Tout l'Amour qui pour moi l'anime :
Dans mon dépit, hélas ! je bannis mon Amant :
Il me haît, il me fuit !.......

              É G L É.

                    Non, non ; votre colere
A dû lui découvrir qu'il avoit su vous plaire.

          De l'amoureux Flambeau
          Dès qu'un trait nous enflâme,
     Le Dieu des cœurs, à-travers son bandeau,
          Lit son triomphe dans notre âme.

              Z O R A Ï D E.

Son éxil va finir, & c'est pour mon malheur.
          Ce jour verra renaître
Ces jeux, où j'ai trahi mon Amant & mon cœur :
          Zimès y peut paroître ;
Aux piés d'un autre objet je le verrai peut-être ;
          J'en mourrai de douleur.

                    (On entend une Simphonie.)

              É G L É.

Quels concerts !.....

              Z O R A Ï D E.

                    La fête commence ;
Et pour y présider la Sybille s'avance.

                    A iij

SCENE III.
LA SYBILLE, ZORAÏDE, ÉGLÉ.
AMANTS & AMANTES, *qui repréfentent*
ceux de l'âge d'or.

LA SYBILLE.

DE ce tant heureux jour
Profités tous, je vous prie :
Car j'enfeigne d'Amour
La douce fantaifie.

N'avoir l'Amour fuivie,
Dès fon printems c'eft vieillir ;
Mais aimer, c'eft cueillir
Les rôfes de la vie.

De ce tant heureux jour
Profités tous, je vous prie :
Car j'enfeigne d'Amour
La douce fantaifie.

SCENE IV.

LA SYBILLE, ZORAÏDE, ZIMÈS, ÉGLÉ.

AMANTS & AMANTES, &c.

ZORAÏDE, à part.

Ciel ! Zimès ! Que dois-je efpérer ?

ZIMÉS, à la Sybille.

Daignés m'entendre & m'éclairer.

Au tems où l'Amour fidele
Infpiroit du moins la pitié,
Si dans le cœur d'une belle
La douceur, la feinte amitié
Eût caché la haîne mortelle ;
Comment eût-elle expïé
Cette trahifon crüelle,
Au tems où l'amour fidele
Infpiroit du moins la pitié ?

ZORAÏDE, à la Sybille.

Daignés m'écouter & m'inftruire.

LA SYBILLE.

Parlés. Hé bien, quel fouci vous infpire ?

ZORAÏDE.

S'il eſt vrai qu'au tems jadis ,
Deux Amants , faits pour être unis ,
Liſoient dans le cœur l'un de l'autre ,
   Ah ! que ces tems ſi chéris
   Etoient différents du nôtre !

   On eſt ſans ceſſe allarmé ,
Quand un tendre amour nous enchaîne ;
On prend le dépit pour la haîne ,
Dans un cœur qui ne ſait qu'aimer.

LA SYBILLE.

Mes doux Amis , ne faut qu'on s'imagine
Qu'au bon-vieux-tems , au jardin des Amours,
Nüage aucun ne troublât les beaux jours,
Et que la fleur fût ſans pointe d'épine ;
   N'en croyés tous les beaux diſcours :
   Amours , cette race enfantine ,
En nous flatant , volontiers nous lutine ;
Le ſeul remede eſt de s'aimer toûjours.

   Expliqués vous ; n'ayés de crainte ,
     Tous deux avés raiſon.
     Le ſilence & la feinte
Aux Amours eſt mortel poiſon.
Le regard , le parler , la plainte
Sont le chemin de guériſon.

ZIMÈS

ZIMÈS, *à la Sybille.*

Si d'un Amant bien tendre
Vous aviés tous les vœux,
Pourriés-vous bien attendre,
Pour rebuter ses feux ,
Le jour, le moment de le rendre
Aussi content qu'il seroit amoureux ?

ZORAÏDE, *à la Sybille.*

Si dans un trouble inexplicable ,
Qui vient d'aimer trop tendrement,
Vous aviés banni votre Amant ;
Seroit-ce un crime impardonnable ?

LA SYBILLE.

Fleur des Amants , sur vos tendres débats
Il n'est besoin que ma bouche prononce ;
Approchés - vous : avoüés que tout bas
Vos cœurs d'accords vous ont dit ma réponse.
Un siécle encor soyés Amants tous deux. . . .
Ne faut qu'aimer pour devenir heureux.

ZORAÏDE & ZIMÉS.

Ah , quel moment ! Une erreur trop funeste
Ne pourra plus nous allarmer.
Ne cesse, Amour , de nous charmer.

B

De l'âge d'or le feul bien qui nous refte
C'eft le plaifir , le doux plaifir d'aimer.

SCENE DERNIERE.

TROUPE D'AMANTS , *conduits*
par de petits AMOURS.

LES ACTEURS DE LA SCÊNE PRÉCÉDENTE.

LE CHEF *des* AMOURS *va fe placer au haut du*
Trône , & les autres Amours fe rangent
autour de lui.

CHŒURS D'AMANTS ET D'AMANTES,
qui environnent le Trône des Amours.

LEs Amours font les Rois du monde,
Et les Dieux des doux plaifirs ;
Leur flâme regne au fein de l'onde ,
Et vole avec les Zéphirs.

On danfe.

LA SYBILLE , *alternativement avec le* CHŒUR,

Qu'au bon-vieux-tems on étoit fage !
On aimoit en toute faifon.
Les feux d'amour étoient le gage
Du plaifir & de la raifon.

C'eſt folle erreur de s'en défendre :
Aimons, aimons juſqu'à cent ans.
Qui ſait aimer d'amour tendre,
Eſt toûjours dans ſon printems.

Qu'au bon-vieux-tems on étoit ſage !
On aimoit en toute ſaiſon.
Les feux d'amour étoient le gage
Du plaiſir & de la raiſon.

On danſe.

LA SYBILLE.

Nos montagnes ſont toutes d'or ;
Les perles couvrent ce rivage :
Le don d'aimer eſt un tréſor,
Qui nous ravit bien davantage.
Si l'on n'a, je vous le di,
Sa douce amie,
Son tendre ami,
Que fait-on de la vie ?

LE CHŒUR.

Si l'on n'a, je vous le di,
LES *AMANTS.* } Sa douce amie,
LES *AMANTES.* } Son tendre ami,
Que fait-on de la vie ?

LA SYBILLE.

La tant douce Loi qu'on ſuivoit

B ij

Dans les amours du premier âge !
Pour art de plaire on ne favoit
Que d'aimer toûjours d'avantage.

AVEC LE CHŒUR.

Si l'on n'a, je vous le di, &c.

Tous les Perfonnages danfants fe réuniffent pour for-mer un Divertiffement, qui eft terminé par une Contredanfe.

FIN DE LA PREMIERE ENTRÉE.

ALPHÉE
ET
ARÉTHUSE.

SECONDE ENTRÉE.

Les Paroles de cet Acte sont prises dans le Ballet
d'Aréthuse de feu M. DANCHET, avec
quelques changements.

ACTEURS.

NEPTUNE,   M. Defentis.
VÉNUS,   Mlle.Dubois,L.
ARÉTHUSE, *Nymphe de Diane,* Mlle. Arnoud.
ALPHÉE, *Chaſſeur, amant*
  d'Arethuſe,   M. Larrivée.
Suite de NEPTUNE, *Suite de* VÉNUS.

PERSONNAGES DANSANTS.
SUITE DE VÉNUS.

M^r. VESTRIS.   Mlle. VESTRIS.

M^{rs}. Lelievre, Béate, Dubois, Hamoche,
Granger.

Mlles. Chaumard, Morel, Martigny, Blin,
Le Clerc.

SUITE DE NEPTUNE.

M^r. LAVAL.

Mlle. LANY.

M^{rs}. Henry, Dupré, Rivet, Hus, Defplaces.
Mlles. Couppé, Mefcar, Affelin, Procope,
Siame.

ALPHÉE ET ARÉTHUSE.

SECONDE ENTREÉ.

Le Theâtre repréfente le Palais de Neptune, fur les bords de la Mer, préparé pour la Fête de Vénus.

SCENE PREMIERE.
ARÉTHUSE, *feule.*

POUR me fouftraire aux fœux d'un amant trop fidele,
Diane m'a conduite en cet heureux féjour:
En faveur de l'Immortelle,
Neptune m'admet à fa Cour.
A mon repos tout confpire,
Alphée à mes regards ne viendra plus s'offrir;
Il ne me verra plus & le craindre & le fuir;

La paix regne dans cet Empire ;
Je dois m'en applaudir..... D'oùvient que je
    foûpire. ?

    Severe Tiran de mon cœur,
  Devoir, que voulés-vous encore ?
Je combats chaque jour une douce langueur ;
    J'évite un amant que j'adore ;
Si je le plains, du-moins, je prends foin qu'il l'ignore.
    Severe Tiran de mon cœur,
  Devoir, que voulés-vous encore ?

Après une Simphonie.

Tout paroît s'animer dans ce féjour charmant :
    C'eft le Dieu des Mers qui s'avance.
    Les flots par leur frémiffement,
De leur augufte Maître annonçent la
    préfence.

SCENE II.

NEPTUNE, ARÉTHUSE,

Suite DE NEPTUNE.

NEPTUNE.

BElle Aréthufe, un fpectacle pompeux
Va briller dans ces lieux, foûmis à ma puiffance :
    Daignés

Daignés prendre part à nos jeux.

Et vous, Dieux que je tiens fous mon obéiffance,
Préparés les plus doux concerts :
Chantés le jour heureux où Vénus prit naiffance :
Que fon nom vole dans les airs.

CHŒUR.

Préparons les plus doux concerts :
Chantons le jour heureux où Vénus prit naiffance :
Que fon nom vole dans les airs.

NEPTUNE, à ARÉTHUSE.

Vénus doit embellir la Fête ;
Elle va dans ces lieux répandre mille appas ;
Nymphe, vous jouïrés du beau jour qui s'apprête.
Je vais, avec ma Cour, au devant de fes pas.

ARÉTHUSE.

De l'Amour, qui veut me furprendre,
Je fuis le charme dangereux ;
Parmi les plaifirs & les jeux,
De fes traits peut-on fe défendre ?

NEPTUNE.

Si vous le redoutés, fuyés de ce féjour.
C'eft dans le fein de mon Empire
Que Vénus à reçu le jour :
Il n'eft point fous les flots de cœur qui ne foûpire.

C

ARÉTHUSE.

Hé quoi ? tout trompe mon efpoir!
Tout eft foûmis au Dieu dont je crains le pouvoir!

NEPTUNE.

Nymphe, votre efperance eft vaine;
Et vous verrés l'amant foûmis à votre loi.

ARÉTHUSE.

Alphée, ô Ciel !

NEPTUNE.

C'eft l'amour qui l'amene:
Ce Dieu dans mon Empire eft plus maître que moi.

ARÉTHUSE, feule.

Tout fert à redoubler ma peine.
L'Amant que je fuyois. . . . . Eft-ce lui que je voi.

SCENE III.
ARÉTHUSE, ALPHÉE.

ALPHÉE,

Malgré tant de rigueur, Nymphe trop inhu-
maine,
Je viens encor chercher vos dangereux attraits:
Ah ! j'aime mieux éprouver votre haîne ,

Que de me condamner à ne vous voir jamais.

A mes foûpirs, à ma conſtance,
Accordés un tendre retour.
Quoi ! faut‑il que des yeux où j'ai pris tant
d'amour ,
Me marquent tant d'indifférence ?
A mes foûpirs , à ma conſtance ,
Accordés un tendre amour.

ARÉTHUSE.

Ceſſés de vouloir me contraindre
A ſuivre un penchant amoureux :
Je n'entends que des cœurs ſe plaindre
Et de l'Amour & de ſes feux.
Dans ma tranquillité je goûte un ſort heureux.
Ceſſés de vouloir me contraindre
A ſuivre un penchant amoureux.

ALPHÉE.

Croyés ‑ vous m'abuſer ? En vain vous voulés
feindre
Une tranquillité que , même en ce moment ,
Votre embarras , votre trouble dément.
A‑travers vos détours , la Vérité terrible ,
Pour accroître encor mon malheur ,
Dans mon cœur détrompé jette un jour plein
d'horreur :

Cij

Non le vôtre n’eſt pas paiſible :
Quelque Rival ſecret l’a ſans douce charmé.
Ingrate ! vous m’auriés aimé
Si le plus tendre amour vous eût rendu ſenſible.

A R É T H U S E.

Vous ne connoiſſés pas mon cœur.

A L P H É E.

Ah ! que n’eſt-il en ma puiſſance
D’immoler ce Rival à toute ma fureur !
Je me conſolerois d’une injuſte rigueur
Par le plaiſir de la vengeance.

A R É T H U S E.

Vous ne connoiſſés pas mon cœur.
Il n’a point juſqu’ici reconnu de vainqueur.
Pour ſon repos il doit être inſenſible,
Il doit fuir de l’amour les dangereux appas.
Hélas ! s’il eſt poſſible, *En ſoûpirant.*
Ne le détrompés pas.

A L P H É E, avec tranſport.

J’ôſe tout eſperer de l’ardeur qui me preſſe.
Ce ſoûpir à mes vœux promet un ſort plus doux.

A R É T H U S E.

Si je pouvois un jour céder à la tendreſſe,
Je ne voudrois y céder que pour vous.

Ma fuite, hélas ! ne peut être trop promte,
Je n'ai que trop long‑tems demeuré dans ces lieux.
Ne suivés point mes pas ; épargnés‑moi la honte
De rougir à vos yeux.

Après une Symphonie agréable.

Quel pouvoir me retient ? Une clarté plus pure
Dans ces beaux lieux répand un nouveau jour ;
L'Onde ne coule plus qu'avec un doux murmure :
Tout semble m'annoncer la Mere de l'Amour.
Alphée ! Heureux Amant ! Quoi ! Vénus elle‑même
Vient‑elle me parler pour lui ?

SCENE IV.

VÉNUS, NEPTUNE, *arrivant dans le même char,*
ARÉTHUSE, ALPHÉE, *suite de V É N U S
ET DE NEPTUNE.*

V É N U S.

L'Univers reconnoît ma puissance suprême ;
Aréthuse ; & je viens vous soûmettre aujourd'hui,

A R É T H U S E.

Vénus exige cet hommage ;
Tous les cœurs à sa voix ne savent qu'obéir.

ALPHÉE.

Qu'entends-je ? de mes maux je perds le foûvenir!
Ah ! je vous aimois trop pour languir davantage.

VÉNUS , NEPTUNE , ARÉTHUSE , ALPHÉE,

Enfemble.

NEPT. ET VÉNUS. } Formés
'ALPH. ET ARÉTH. } Formons } les nœuds les plus charmants.

NEPT. ET VÉN. }
'ALPH. ET ARÉ. } Au tendre Amour { donnés / donnons } tous { vos / nos } moments.

NEPT. ET VÉN. }
'ALPH. ET ARÉ. } Qu'il triomphe à-jamais, qu'il regne, qu'il { vous / nous } bleffe.

NEPT. ET VÉNUS. } Vous voyés
'ALPH. ET ARÉTH. } Nous voyons } finir { vos / nos } tourments.

NEPT. ET VÉNUS. }
ALPH. ET ARÉTH. } Que { vos / nos } plaifirs durent fans ceffe.

*Deux Perfonnages danfants , de la fuite de
Vénus , enchaînent de Guirlandes de Fleurs
ALPHÉE & ARÉTHUSE.*

SCENE DERNIERE.

VÉNUS, NEPTUNE, ARÉTHUSE, ALPHÉE,

Suite de VÉNUS, Suite de NEPTUNE.

NEPTUNE, à ARÉTHUSE.

Embéllissés dèsormais ce séjour :
Qu'Alphée, ainsi que vous, prenne rang à ma Cour.
Le Destin vous rend Immortelle.
D'une gloire si belle
Il fait part à l'Amant charmé de vos attraits.
En vous fesant vivre à-jamais
Il veut que vous brûliés d'une flâme éternelle.

On danse.

NEPTUNE, *avec les* CHŒURS.

NEPTUNE. 〈Célébrés
LES CHŒURS. 〈Célébrons. 〉le jour glorïeux.

Où l'on a vu sortir Vénus de l'onde.
Elle fait les plaisirs des Cieux,
Et le bonheur du monde.

NEPTUNE. { Chantés } qu'à ses bienfaits { votre } zele réponde.
LES CHŒURS. { Chantons } .... { notre }

NEPTUNE. { .... { vos }
LES CHŒURS. { Que les plus doux transports éclatent dans { nos } jeux.

*La Suite de VÉNUS & celle de NEPTUNE se réunissent
& forment des Jeux en l'honneur de VÉNUS.*

ARÉTHUSE, alternativement avec les CHŒURS.

Tout s'embellit en ce séjour ;
Tout célébre avec nous la Mere de l'Amour.

Les Vents, tranquilles dans leurs chaînes,
Laissent en paix le sein des mers :
Le Zéphir regne seul sur les humides plaines :
De l'aimable chant des Syrênes
On entend retentir les airs :

Malgré la douleur qui la presse,
Alcïone à leurs voix vient mêler ses accents ;
Et pour former de plus doux chants,
Rallume dans son cœur sa premiere tendresse.

Tout s'embellit en ce séjour ;
Tout célébre avec nous la Mere de l'Amour.

*Les Jeux continuent, & sont terminés par un
Ballet-général.*

FIN DE LA SECONDE ENTRÉE.

LA

LA COQUETTE

TROMPÉE.

TROISIEME ENTRÉE.

Les Paroles de cet Acte sont de M. FAVART.

D

ACTEURS

CLARICE,   Mlle. Fel.

DAMON,   M. Pillot.

FLORISE, *amante de* DAMON,
traveftie fous le nom de DARIMAN.   Mlle. Lemiere.

PERSONNAGES DANSANTS.

MASQUES DE DIFFERENTS CARACTERES.

M^r. LANY.   Mlle. LANY.

M^r. VESTRIS.   Mlle. VESTRIS.

M^{rs}. Lelievre, Hus, Levoir.

Mlles. Coupé, Martigny, Blin.

M^{rs}. Henry, Trupty, Rivet.

Mlles. Chaumard, Morel, Procope.

ALLEMANDS ET ALLEMANDES.

M^r. LYONNOIS.   Mlle. LYONNOIS.

M^{rs}. Béate, Dubois, Granger.

Mlles. Demiré, Mefcar, Affelin.

LA COQUETTE
TROMPÉE.

TROISIEME ENTRÉE.

Le Théâtre repréfente l'Appartement de Clarice.

SCENE PREMIERE.
FLORISE.

FLateufe Efperance,
Raffûre mon cœur :
De ma perféverance
J'attends mon bonheur.

Damon me quitte pour Clarice,
Lorfque l'Himen alloit nous rendre heureux ;
De mon Portrait il fait un facrifice

D ij

Au nouvel objet de ſes vœux :
Sous ce déguiſement employons l'artifice,
Pour retirer ce gage & rejoindre nos nœuds.

     Flateuſe Eſperance,
     Raſſûre mon cœur ;
     De ma perſévérance ,
     J'attends mon bonheur.

A R I E T T E.

     Un infidele
Briſe les nœuds les plus parfaits ;
     Mais une ardeur nouvelle
     A-t-elle autant d'attraits ?
     D'une aîle légere
Il vole , il cherche les plaiſirs ;
Et dans ſa courſe paſſagere
Il ne trouve que des deſirs :
     L'Amour le ramene.
     Suivi des regrets ;
Il reprend ſa premiere chaîne ,
     Et s'enflâme pour jamais.

Clarice vient. Cette Coquette
     Me ſuit , me guette,
     Et pour moi s'attendrit ;
Tout ſert mes feux & mon dépit.
Contraignons - nous.

SCENE II.

FLORISE CLARICE.

FLORISE.

BOn-jour, mon Adorable.

CLARICE.

Et bon-jour, Dariman.

FLORISE.

Quels yeux ! Qu'elle eſt aimable !

CLARICE, *en minaudant.*

Ne me regardés pas, je ſuis à faire peur.

FLORISE.

Je vous trouve à ravir.

CLARICE.

En honneur.

FLORISE.

En honneur.

ARIETTE.

Qui peut réſiſter à vos charmes ?

Pour trïompher en tous lieux,
L'Amour prépare ſes armes
Dans vos beaux yeux ;
Il excite avec ſes aîles
Le feu de vos regards,
Pour y forger ſes dards ;
Il fait de toutes parts
Voler des étincelles,
Qui portent dans les cœurs
Les plus vives ardeurs.
Ah !.. je les ſens... appaiſés mes douleurs,
Ou je me meurs.

CLARICE.

Vous êtes fort à plaindre,
Je ne puis vous guérir ;
Les Amants ſont à craindre.

FLORISE.

Laiſſés-vous attendrir.

CLARICE.

ARIETTE.

Ces feux errants, dont la vapeur legere
Eclaire, en voltigeant, les ombres de la nuit,
Egarent ſi-tôt qu'on les ſuit :
Ainſi par une erreur trop chere,

Des Amants inconftants la flâme nous féduit.

Nous croyons qu'un aftre nous luit ;
Mais on ne voit briller qu'une ardeur paffagere ,
Qui dans le même inftant éclate, & fe détruit.

FLORISE.

Aimés, aimés ; quelle crainte bifare
    S'oppôfe aux plus charmants defirs ?
Aimés, aimés ; fi l'Amour nous égare ,
    C'eft dans la route des plaifirs.

CLARICE.

    Si je m'engage ,
    Peut-être ferés-vous
    Jaloux ,
    Ou volage.

FLORISE.

Vos feuls attraits fixeront mon hommage ;
On verra les plaifirs folâtrer avec nous.

Ce foir je vous donne une fête :
Damon n'eft point ici , que rien ne vous arrête.
Si mes foins ont pu vous toucher,
Je veux fur cette main en prendre l'affûrance.

CLARICE.

Modérés-vous.

FLORISE, *prenant la main de* C*LARICE*.

C'eft trop de réfiftance.

CLARICE, *tendrement.*

Hé bien ! je fens… je fens que je vais me fâcher.

FLORISE, *baifant la main de* C*LARICE*.

A R I E T T E.

Ah ! Madame,
Quel plaifir
Vient faifir
Mon âme !
Quel bonheur ,
Quelle ardeur
M'enflâme !
Ah !

(*A part en riant.*)

comme elle croit cela !

Je defire
Je foûpire
Ah, ah ! …

[*A part en riant.*]

comme elle croit cela !

Mon cœur s'agite,
S'excite,

S'ir-

S'irrite,
Palpite,
Si vîte,
Que... je... crains... qu'il... ne... me... quitte,
Ah , ah , ah !...
[*à part en riant.*]
comme elle croit cela.

C L A R I C E.

Vous trïomphés de ma foiblesse.

F L O R I S E.

Je suis comblé.

C L A R I C E , fesant semblant de rougir.

J'en ai trop dit.

F L O R I S E.

Mais de Damon vous avés un dédit,
Avec certain portrait.....

C L A R I C E.

Comptés sur ma tendresse.

F L O R I S E.

Remettés en mes mains les gages de ses feux....
Vous hésités ? que je suis malheureux !
Ah ! votre cœur n'est pas sincere.

C L A R I C E.

Hébien..... il faut vous satisfaire.

E

[*Prête à donner le Bracelet & le dédit, Clarice en-*
tent du bruit, & fait cacher Florise, dans un Cabinet.]
Mais qu'entends-je ? Quel embarras !
On frappe.

F L O R I S E.

Mon bonheur m'échappe.

C L A R I C E.

Retirés-vous.

F L O R I S E.

Je ne vous quitte pas.

C L A R I C E.

Evitons les éclats.

F L O R I S E.

A quoi bon ce myftere ?

C L A R I C E.

Ne craignés rien ; laiffés moi faire.
(*Florife entre dans le Cabinet.*)

SCENE III.
DAMON CLARICE.

D A M O N.

J E veux me venger
D'un Rival qui m'outrage ;
Qu'il éprouve ma rage.

C L A R I C E.

D'où vient cet orage ?

Enfemble. { (accolade regroupant les répliques ci-dessus)

D A M O N.

Je veux me venger.

C L A R I C E.

Qu'avés-vous ?

D A M O N.

Infidele !
Crüelle !
Une ardeur nouvelle
Rend votre cœur leger ;
Vous avés pu changer !

C L A R I C E.

Moi !

E ij

D A M O N.

Vous.

C L A R I C E.

Moi !

D A M O N.

Perfide, volage !
Votre cœur eſt un Papillon,
Qui vole où le plaiſir le flate d'avantage,

C L A R I C E.

Votre eſprit eſt un tourbillon,
Qui tourne, tourne, & porte le ravage,

D A M O N.

C'eſt un Papillon.

C L A R I C E.

C'eſt un tourbillon,

Enſemble. { Qui tourne, tourne, & porte le ravage,

D A M O N.

Qui vole où le plaiſir le flate d'avantage,

C L A R I C E.

Ecoutés-moi, Damon,

D A M O N.

Non.

C L A R I C E.

Mais...

D A M O N.

Non.

C L A R I C E.

Si...

D A M O N.

Non, Non,

Non, non, non, non, non, non.

Ensemble. { *C L A R I C E.*

Il n'entend pas raison,

D A M O N.

Je brise le nœud qui m'engage.

C L A R I C E.

Dégagés-vous, dégagés-vous Damon,

Et portés ailleurs votre hommage,

Ensemble. { Je brise le nœud qui m'engage,

D A M O N.

O Ciel ! quoi vous brisés le nœud qui

vous engage ?

C L A R I C E.

A R I E T T E.

Quand l'amour enchâine les cœurs,

Il cache ſes fers ſous des fleurs ;
On ne voit que l'image,
Des plaiſirs les plus ſéducteurs ;
On ignore ſon eſclavage,
On paſſe des jours enchanteurs :
Mais ſi-tôt que les craintes,
Les ſoupçons, les plaintes
Nous font ſentir le poids de la captivité,
Quel tourment, quel martire !
Un cœur agité
N'aſpire
Qu'après la liberté,
Liberté, liberté !

DAMON.

Ainſi vos feux ont pu s'éteindre,
Ingrate ! ai-je tort de me plaindre ?

CLARICE.

De vos ſoupçons jaloux je me plains à mon tour,

DAMON.

Je ſais qu'on prépare une fête,
Vous en êtes l'objet.

CLARICE.

C'eſt pour vous qu'on l'apprête,
Nous avons ſu votre retour.

DAMON.

Pour moi ! Non, non, c'eſt un détour.
D'un autre Amant vous êtes la conquête ;
Et je ſais qu'en ce même jour...

CLARICE.

Hé bien, Monſieur, j'approuve ſon amour,
Il n'eſt point d'ardeurs éternelles.
Depuis un mois nos deux cœurs ſont conſtants :
L'Amour & le tems ont des aîles ;
L'Amour s'envole avec le tems.

DAMON.

ARIETTE.

Je ſens par cet aveu rallumer ma colere :
Tremblés pour votre Amant ! ce rival téméraire
Tombera ſous mes coups.
Que ma fureur éclate, & puniſſons l'offenſe !
Le ſeul plaiſir de la vengeance,
Peut ſatisfaire un cœur jaloux.

CLARICE, en riant.

Ah, ah ! que les amants ſont foux.

DAMON.

L'Amour va céder à la haîne !

CLARICE, ironiquement.

Vous me haïſſés ?

D A M O N, d'un ton ferme.

Oui.

C L A R I C E, très-tendrement

Moi je vous hais auſſi ;
Haïſſons - nous toujours ainſi,
Cédons à la fureur qui tous deux nous entraîne.

D A M O N.

Ceſſés de me dèſeſpérer.

C L A R I C E.

Vous me haïſſés trop pour ne pas m'adorer.

D A M O N.

Quand on ſe plaint d'une inhumaine ,
On veut la quitter ſans retour ;
On croit ſentir tous les feux de la haîne ,
Et c'eſt la flâme de l'Amour.

Vous faites mon malheur ,

C L A R I C E.

Hébien , je vous pardonne.
Ma bonté vous étonne.

D A M O N.

Ah ! c'eſt moi qui ſuis outragé.
[*à part.*] Floriſe , hélas ! ton cœur eſt bien vengé;
Damon

Damon gémit sous un joug qui l'accable !

CLARICE.

Regardés dans mes yeux si je suis si coupable,

DAMON.

Deux beaux yeux ont-ils jamais tort ?
Le charme d'un regard si tendre,
Enchaîne mon couroux, & me force à me rendre ;
Deux beaux yeux ont ils jamais tort ?
Quand votre inconstance m'outrage
Leur douceur calme mon transport ;
De l'innocence elle m'offre l'image :
Ah ! quand ils parlent ce langage,
Deux beaux yeux ont ils jamais tort ?

CLARICE.

D'un Bal que pour vous on apprête,
Ce prétendu Rival n'est que l'ordonnateur ;
J'arrangeois avec lui la Fête,
Voilà tous nos secrèts.

DAMON.

Pardonnés mon erreur.

DAMON ET CLARICE.

Que jamais aucun ombrage
De nos Amours

F

N'interrompe le cours,
Aimons-nous toûjours.

D A M O N.

Sans partage.

C L A R I C E.

Sans partage.

E N S E M B L E.

Toûjours, toûjours.

SCENE DERNIERE.

DAMON, CLARICE, FLORISE,

D A M O N.

L'Amour comble mon esperance;
Je trïomphe, je suis heureux.

CLARICE, appercevant FLORISE.

O Ciel !

FLORISE, à part sortant du Cabinet.

O Ciel, je n'ai plus d'esperance !
Il trïomphe, il est heureux !

CLARICE, à FLORISE, en lui donnant le Bracelet & le Dédit, & fefant femblant d'adreffer la parole à Damon.

Recevés de mes feux
Une entiere affûrance.

DAMON ET FLORISE.

Souffrés qu'à vos genoux ...

Ils fe jettent aux genoux de CLARICE, & fe trouvent vis-à-vis l'un de l'autre.

CLARICE, à FLORISE.

Que faites-vous ?

DAMON.

Jufte Ciel ! c'eft Florife,

FLORISE.

Perfide !

CLARICE.

Quelle eft ma furprife !

FLORISE, à DAMON.

Si tu l'ôfes, venge-toi,
Punis-moi
D'avoir charmé ta fidele Clarice.

DAMON.

Je rougis de mon injuſtice.
Mon cœur à-t-il pu vous trahir?
Ah ! C'eſt à vous de me punir:
Oui, je vous ai fait une offenſe,
Qui me rend indigne du jour;
N'écòutés que votre vengeance.

FLORISE.

Je n'écoute que mon amour.

DAMON.

Ah ! je fens tout le mien renaître ;
Et je veux fuivre à-jamais votre loi.

FLORISE, *déchirant le·Dédit, & remettant
à Damon le Bracelet.*

Ce Dédit déchiré vous en laiſſe le maître,
Et je vous rends ce gage de ma foi.
(*A CLARICE, ironiquement.*)
Je vous enleve une conquête,

CLARICE, gaîment.

Ce Malheur ne peut me troubler;
Mille autres cœurs pouront me conſoler:
Livrons-nous aux plaiſirs ; jouïſſons de la Fête.

DAMON ET FLORISE. *CLARICE.*

Que notre tendreſſe
Renaiſſé
Sans-ceſſe,
Goutons à-jamais
Ses attraits.

Inſpirons ſans - ceſſe
L'ivreſſe
De la tendreſſe,
Mais
N'aimons jamais.

CLARICE.

Feſons trïompher nos charmes,
Tout doit nous rendre les armes ;
Tous les cœurs ſont à nous.
Une belle qui ſoûpire,
Renonce à ſes droits les plus doux ;
Aimer, c'eſt perdre ſon Empire.

DAMON ET FLORISE. *CLARICE.*

Que notre tendreſſe
Renaiſſe
Sans-ceſſe,
Goutons à-jamais
Ses attraits.

Inſpirons ſans-ceſſe,
L'ivreſſe
De la tendreſſe,
Mais
N'aimons jamais.

Entrée de Maſques de différents Caractères.

V A U D E V I L L E.

C L A R I C E.

Lorfque l'Amour a des rigueurs,
Il faut en affranchir nos cœurs ;
On eft bien dupe
Quand on s'occupe
D'un efpoir qui nous fait languir ;
Par la peine,
Par la gêne,
C'eft trop payer le plaifir.

F L O R I S E.

Pour effacer un long tourment
Il ne faut qu'un heureux moment :
Amour, tes charmes
Séchent mes larmes,
Le bonheur comble mes defirs ;
Quand la peine
Nous ymene,
On goûte mieux les plaifirs.

D A M O N.

Qui met fa gloire a tout charmer,
Connoît peu le bonheur d'aimer ;

Une Coquette
Eſt ſatisfaite
De tromper toûjours nos deſirs ;
Trop de peine
Sous ſa chaîne
Fait acheter les plaiſirs.

Une Contredanſe termine le Divertiſſement.

F I N.

A P P R O B A T I O N.

JAI lu, par ordre de Monſeigneur le Chancelier, le Ballet, intitulé
Les Fêtes d'Euterpe. A Paris, ce 22 Juillet 1758.

DEMONCRIF.